Perdido

Para Helen e Jane

Perdido
Richard Jones
Título original: *Perdu*

Da edição em português:
Coordenação editorial: Florencia Carrizo
Edição: Camila Ponturo
Tradução: Carolina Caires Coelho
Revisão: Thainara Gabardo
Diagramação: Verónica Alvarez Pesce

Primeira edição.

Catapulta editores

R. Passadena, 102
Parque Industrial San José
CEP: 06715-864 / Cotia – São Paulo
infobr@catapulta.net
www.catapulta.net

ISBN 978-65-5551-092-8

Impresso na China em julho de 2023.

Jones, Richard
　Perdido / Richard Jones ; [ilustrações do autor] ; tradução Carolina Caires Coelho. -- Cotia, SP : Catapulta, 2023.

　Título original: Perdu
　ISBN 978-65-5551-092-8
　1. Literatura infantojuvenil I. Título.

23-157089　　　　　　　　　　　　　　CDD-028.5

Índices para catálogo sistemático:
　1. Literatura infantil　028.5
　2. Literatura infantojuvenil　028.5
Eliane de Freitas Leite - Bibliotecária - CRB 8/8415

© 2023, Catapulta Editores Ltda.
Text and illustrations © 2020 Richard Jones
© 2020 by Simon & Schuster, Inc.

Livro de edição brasileira.

Nenhuma parte desta obra poderá ser reproduzida, copiada, transcrita ou mesmo transmitida por meios eletrônicos ou gravações sem a permissão por escrito do editor. Os infratores estarão sujeitos às penas previstas na Lei nº 9.610/98.

Perdido

Richard Jones

Catapulta
junior

O céu estava escuro e o vento uivava, assim como Perdido.

Tadinho de Perdido. Um cachorrinho perdido, sozinho, sem um lugar para chamar de lar e nada para chamar de seu, exceto um velho cachecol vermelho.

A chuva caía em seu pelo preto como a noite e a grama estava gelada sob suas patas.

Ele observou uma folha ser levada pelo vento

e pousar como um sussurro na água.

A folha dançou na corrente de ar, girando e girando, flutuando e se afastando.

"Aquela folha tem um lugar para ficar",
Perdido pensou.

"Mas e eu?"

Perdido decidiu seguir a folha enquanto ela flutuava
pela noite, por campos e matas, pelas gramas curta e alta.

A noite se desfez, o preto se tornou azul
e o sol começou a nascer.

O rio tranquilo, que já tinha sido seu amigo,
corria sem parar para longe dele,
levando sua folha adiante, fora da vista.

O chão sob as patas dele parecia diferente.

Tip, tip, tip, tip, tip, tip, tip, tip

era o som de suas garras no concreto da cidade.

As pessoas passavam apressadas ao redor dele.
Todos tinham um lugar aonde chegar.

"Preciso encontrar meu lugar", Perdido pensou.
"Preciso encontrar meu canto".

Durante todo o dia, ele procurou.

Dentro. Fora.

Para cima
e
para baixo.

Contudo, não havia lugar para Perdido.

— Saia! — eles gritavam.

— Vá embora!

— Xô!

Tadinho de Perdido.
Suas perninhas doíam e suas quatro patas estavam cansadas e doloridas.

Sua barriguinha roncava sem parar.
Ele precisava encontrar algo para comer.

Restaurante

Perdido entrou discretamente.
Vozes animadas tomaram o espaço aquecido.
Tic, clac, clip faziam as facas e os garfos.
A comida tinha um cheiro delicioso...

Crash, bump, clang!

As pessoas rosnavam e as pessoas latiam.
— Seu cachorro bobo. Olha o que você fez!

Perdido sentiu o frio da janela de vidro contra seu pelo.

Não havia para onde ir!

Ele se retraiu e tremeu até que...

Assustado, rosnou.

Assustado, latiu.

— Animal horrível! — as pessoas gritavam.

Corra!

Fuja!

Salte!

Abaixe-se!

Tadinho de Perdido! Será que não
havia lugar onde ele pudesse ficar?

Quando ele finalmente parou, descobriu que estava
em um parque cercado por árvores altas e cheias de folhas.

Ele fez um círculo de pinhas, pedras e folhas
e deitou-se bem enrolado no meio,
uma bolinha de medo e preocupação.

Uma folha caiu delicadamente ao lado dele e, então, ele olhou para a frente. Havia uma menininha ali, e ela segurava o cachecol dele!

— Isso é seu? — ela perguntou gentilmente.

Perdido olhou nos olhos gentis da menininha
enquanto ela colocava o cachecol nele.

De repente, ele percebeu que estava seguro.

... e finalmente Perdido passou a ter um lugar para chamar de lar.